S.P.Q.

Ohne Titel

1993, Öl/Gegenstände auf Eisengitter

30,5 × 29,5 cm

Dina Draeger

Ich gehe also, um zu jagen.

Coupole
1998, Öl auf Holz
Durchmesser 80 cm

Ohne Titel
1998, Öl auf Holz
Durchmesser 50 cm

TT
1998, Öl auf Holz/Stoff
Durchmesser 121 cm, Höhe variabel

Randgänge in Malerei, Photographie und Zeichnung
Anmerkungen zur Arbeit von Dina Draeger

Siegfried Gohr

Es scheint möglich, die Bilder von Dina Draeger unter dem Blickwinkel eines Paragone zwischen Photographie und Malerei zu betrachten. In ihrem Falle wäre meistens ein Unentschieden in diesem Wettbewerb festzuhalten. Ein photographisches Motiv, oder auch zwei, bieten meistens die Grundlage für eine Arbeit. Wesentliche Veränderungen und Akzentuierungen gewinnt die Künstlerin durch malerische Partien. Diese können schon den Originalphotos oder deren collagiertem Stadium zugefügt werden oder aber dem Druck, der nach der Vorlage entstanden ist. Der Ausdruck stammt aus dem Computer, wo mit Hilfe eines Bildbearbeitungsprogramms ebenfalls Veränderungen vorgenommen worden sind. Die Künstlerin verwischt die Grenzen zwischen den beiden Medien meist so virtuos, daß der Betrachter erst allmählich hinter die Tatsache kommt, daß er nicht allein einem photographischen Bild gegenübersteht. Insofern ist die Idee des Paragone hinfällig, denn Malerei und Photographie wirken nach Bedarf des Sujets ineinander. An dieser Grenze entsteht also kein Problem, sondern eine Reaktion der Künstlerin auf den ästhetischen Status ihrer Motive. Die optische Erscheinung der Arbeiten wird von einer ausgesuchten, dabei oft starken Farbigkeit bestimmt; der Eindruck entsteht, daß hier eine sensible und bewußte Malerin am Werke ist. Dies wird bestätigt durch die technische Sorgfalt der Herstellung der Ausdrucke, die über eine ungewöhnliche Leuchtkraft verfügen. Nach wie vor sind Farbpigmente im Spiel, die eine gesättigte, fast ist man versucht zu sagen, welthaltige Koloristik erzeugen. Tatsächlich stammen die Motive oft aus fernen Weltgegenden, z.B. aus Asien, Afrika oder Australien. Während ihrer ausgreifenden Reisen hat die Künstlerin Menschen, Tiere, Architekturen und Landschaften beobachtet und festgehalten. Deshalb erscheint manches an den Motiven zuerst einmal fremd, aber der Versuch, die Sujets zu lokalisieren, schlägt meistens fehl und verliert beim längeren Hinsehen auch an Faszination, weil sich andere Schichten der Bilder stärker bemerkbar machen. Einer der Gründe für die Aufmerksamkeit, die sie herausfordern, liegt neben der intensiven Farbigkeit in dem langsamen Schauen, das der Auswahl der Motive zugrunde zu liegen scheint. Die malerischen Eingriffe dienen fast immer der Verstärkung dieses Aspekts, nämlich dem Vermindern der Neugier und der Intensivierung des Schauens. Nun bleibt es allerdings nicht bei einem Ineinander der photographischen und malerischen Anteile im Bild, sondern es kommt eine Kombinatorik der Motive hinzu, die zusätzlich frappierend und herausfordernd wirkt. Denn fast immer läßt Dina Draeger optische Fundstücke aus verschiedenen Quellen aufeinanderprallen oder sie verdoppelt Motive. Es geht keinesfalls hauptsächlich um die Manipulation von Malerei in Photographie und umgekehrt, sondern um eine gegenseitige Unterwanderung von Bildvorstellungen. Diese letzteren werden oft mit dem Motiv sozusagen in die Arbeiten importiert. Auf solche Weise tragen die Reisen ihre Früchte. Mit den verschiedenen

Operationen am Motiv setzt ein Prozeß ein, der die indexikalische Eigenschaft der Photographie verläßt und sich auf den Weg zur Inszenierung begibt, ohne diesen jedoch bis zum Ende zu gehen. Das Schauen und ruhige Betrachten eines Photos bleibt immer der Ausgangspunkt, auch wenn das hinzutretende Motiv Unruhe und Spannung in die Ausgangslage bringt. Denn nach der Reaktion der Malerin, die das Ineinanderfügen der Bildelemente herbeiführt, bleibt auch das Schauen und nicht das Erzählen im Mittelpunkt der Bildstrategie, aber auf eine komplexere Stufe gehoben. Diese ruft zuerst vielleicht Verblüffung hervor, weil nicht genau zu erkennen ist, ob die entstandene Situation so in der Wirklichkeit vorkommen kann oder nicht; erst allmählich löst sich der Betrachter von dieser Frage und beginnt zu begreifen, daß er es mit einem Bild und nicht alleine mit Motiven zu tun hat. Auf der Ebene des Bildes ist er jetzt zur Interpretation herausgefordert. Wie mit unsichtbarer Hand wurde die Wirklichkeit neu geordnet und erhält einen Rätselcharakter. In der traditionellen, z.B. dadaistischen Anwendung der Collagetechnik entsteht aus den Bestandteilen der Klebebilder so etwas wie eine beschleunigte, manchmal filmmäßig inspirierte Evokation von Wirklichkeit. Hier, in den ruhigen, langsamen Bildern von Dina Draeger, geschieht das Gegenteil: der Betrachter wird beim Zusehen unsicher an der Wirklichkeit. Er gewinnt den Eindruck einer emotionalen und intellektuellen Aufladung der Motive bis zum Paradox, dessen Auflösung möglich scheint, aber nur als gelungenes Bild, in der Wirklichkeit bleibt das Geheimnis bestehen.

Die Arbeiten bewegen sich also in einem Spannungsfeld, das aus den Reisen sowie deren medialer Verarbeitung und Übersetzung gewonnen wird. Etwas Merkwürdiges der Arbeiten besteht jedoch darin, daß fast immer Augenblicke der Ruhe erscheinen. Die Profile von Menschen und Gegenständen, also ihre Begrenzung zur Umwelt, zum Dasein, zum Nichts werden wichtig.

Ränder üben eine besondere Faszination auf die Künstlerin aus, denn sie sind auch ihr eigentliches formales Thema beim Ineinanderarbeiten von Photo und Malerei.

Wenn die Ränder in den Arbeiten zu Körpern gehören, erscheinen sie auch als Silhouetten von Menschen und Gegenständen, die in ihrer individuellen Einsamkeit gesehen werden. Und von hier aus führt die Betrachtung häufig zu Szenen einer Trauer, die nicht aus einer Begebenheit oder Szene erklärt werden kann. Denn die festgehaltenen Motive scheinen eher am Rande angesiedelt zu sein, außerhalb der Brennpunkte, im Unscheinbaren und Gewöhnlichen gefunden, das durch die Photographien umso beredter gemacht wird. Viele Arbeiten scheinen nach einer Ruhe zu suchen, die die geschilderten Stimmungen von Einsamkeit und Trauer durchaus akzeptiert, vielleicht auch ersehnt.

Möglicherweise läßt sich das Werk von Dina Draeger als eine Art von Lebensbeweis lesen, der in den Randgängen der Wirklichkeit näher kommt als im scheinbar Repräsentativen. Es wird nach Beweisen für eine Art von elementarem Leben gesucht, wohlgemerkt nicht nach einem einfachen, sondern nach einem Leben, das unter den Verschüttungen der heimischen Zivilisation kaum mehr zutage zu fördern wäre. Wie so oft, führte das Reisen in diesem Sinne die Reisende eher zu sich selbst als von sich weg: Flucht zu sich im Bild einer nur scheinbar randständigen Welt, der oft geradezu eine verführerisch sinnliche Pracht entlockt wird.

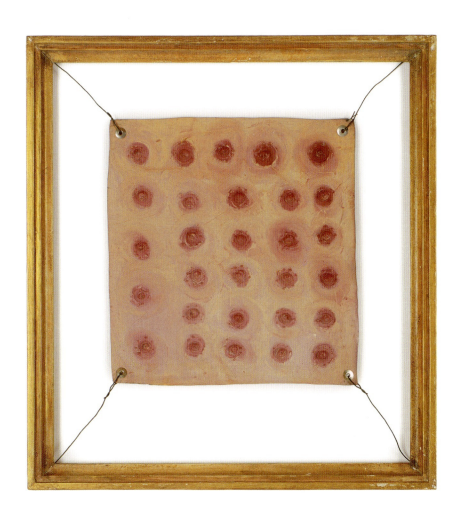

Skin
1995, Mischtechnik, Draht, Holz
58,5 × 52,5 cm

Archiv
seit 2000, 60 Schubladen, MDF, Photographie, Öl/Gouache
180 × 260 × 130 cm
Courtesy Galerie Mühlfeld & Stohrer, Frankfurt am Main

Ein Gespräch mit Rudij Bergmann

RB Sie reisen viel und gern – sind Sie auf der Flucht?

DD Nein, ich glaube, daß man, wenn man verreist, das, was man zu Hause auch sehen würde, anders sieht. Ich reise nicht, weil ich das Fremde suche, ich reise, weil ich einen neutralen Blick suche, der mit einem Beeindrucktsein von Exotismus nichts zu tun hat. Ich will nicht fasziniert sein vom Fremden als dem Fremden. Ich bin auf der Jagd nach Bildern. Ich gehe also, um zu jagen.

RB Haben Sie außer der Kamera noch andere „Waffen"?

DD Ja, manchmal eine Verkleidung. In Marrakesch beispielsweise war ich als Muslimin verkleidet. Weil ich nicht auf Friedhöfe gekommen wäre außer dem Jüdischen. Dorthin durfte ich, aber nicht auf die muslimischen Friedhöfe. Da muß man sich verkleiden und die Kamera verstecken. Unter einem Kaftan geht das natürlich wunderbar.

RB Wie ein Maschinengewehr. Das kann man dort auch gut verstecken.

DD Ja. Ich photographiere die Leute auch heimlich. Das hat mit Jagd zu tun.

RB Heimlich heißt voyeuristisch?

DD Nein. Wenn man Respekt vor den Menschen hat, darf man nicht voyeuristisch sein. Dann will man etwas und ich will nichts.

RB Das stimmt ja nicht. Sie wollen natürlich Bilder.

DD Ich will Bilder, aber ich will nichts von den Bildern oder von den Menschen.

RB Ja, aber Ihre Bilder sind ja ohne den Menschen nicht herstellbar. Ist es Ihnen gleichgültig, wer da gerade vor der Linse ist?

DD Ja.

RB Das heißt, Sie suchen nichts und niemanden bewußt aus?

DD Ich gehe einfach. Ich gehe irgendwohin. Ich gehe auch nicht und plane. Ich habe jetzt vor, nach Mexiko zu reisen, um etwas über das Fest und den Tod zu machen, dann gehe ich natürlich hin, wenn diese Totenfeste stattfinden. Aber es ist nicht so, daß ich irgendwo hingehe und sage: Da will ich jetzt diese oder jene Photos machen. Was mir zufällig vor die „Flinte" läuft und wofür ich mich entscheide, das wird genommen.

RB Wie bereiten Sie sich denn auf so eine Reise vor?

DD Gar nicht.

RB Zu faul?

DD Nein, ich bereite lieber nach. Ich bereite mich nicht vor, um neutral zu bleiben. So ganz ist das natürlich nicht möglich. Ich gehe natürlich auch nicht als Idiot los, ich versuche, mich so weit vorzubereiten, daß ich mich ordentlich in dem Land benehmen kann, also Respekt habe und über manche Länder weiß man ja auch etwas, weil man Europäer ist, weil ich Kunstgeschichte studiert habe, usw.

RB Aber das ist doch alles ein sehr kolonialistisches Wissen.

DD Ja leider. Und das interessiert mich nicht. Wenn ich in Europa unterwegs bin, kann ich mich von diesem Wissen nicht befreien. Aber wenn ich nach Kambodscha gehe, beschäftige ich mich vorher mit dem Knigge und hinterher mit der Geschichte.

RB   Und wie suchen Sie sich die Länder aus? Ist das so ein Spiel auf der Landkarte, wo der Finger bleibt? Von Mexiko mal abgesehen.

DD   Nein, es kommt meistens zu mir. Indien hat mich z. B. nie interessiert, Asien hat mich jahrzehntelang nicht interessiert, und plötzlich fällt es mir ein, daß ich dort hingehen sollte. Ganz ohne äußeren Anlaß. Ich habe dann das Gefühl, ich müßte da hingehen. Ich kann auch nicht genau beschreiben, woher diese Einfälle kommen. Ich kann auch nicht sagen, daß das irgendwelche esoterischen Einfälle sind.

RB   Neigen Sie zum Esoterischen?

DD   Kommt darauf an, was man unter Esoterik versteht. Im modernen Sinne des Rosenquarz-Buchhandels bestimmt nicht, auch nicht mit Räucherstäbchen oder Feng-Shui. Für mich ist die Spiritualität wichtig …

RB   Sie haben einmal gesagt, die Arbeit beginnt mit der Reise. Stimmt das wirklich, oder sind es doch nur Ihre vorgefertigten Bilder im Kopf, die Sie suchen?

DD   Das kann ich nicht überprüfen. Diese Frage kann ich nicht ehrlich beantworten, weil ich es einfach nicht weiß. Ich müßte jetzt lügen. Ich weiß nur, daß ich mich ehrlich und aufrichtig darum bemühe, Bilder zu finden.

RB   Wenn Sie die vorgefertigten Bilder hätten, dann wäre das ja auch ein kolonialistischer Akt, oder?

DD   Ja, sicher. Ich habe oft Gewissensbisse. Aber ich versuche, mir die Bilder, durch die Kombination und Verschränkung mit Malerei anzueignen: eine Liebe zu entwickeln, wenn ich einen Menschen male oder abmale oder übermale. Das ist auch eine Aneignung dieser Person,

im demütigen Sinne, nicht im Sinne von: ich nehme mir den jetzt. Ich versuche, mir den Menschen anzueignen, durch Demut, aber nicht durch Macht.

RB   Und die Bilder lassen sich das gefallen?

DD   Ja. Die Bilder ja. Ich glaube, daß es funktioniert. Der Betrachter soll das beurteilen. Entweder, jemand versteht es, oder er versteht es nicht. Und wenn er es nicht versteht, heißt es noch lange nicht, daß ein anderer Betrachter es auch nicht verstanden hat. Vielleicht verstehe nur ich es nicht. Das kann auch sein.

Sehnsucht
2000, Schublade aus dem „Archiv"
Öl auf Photographie
39 × 39 cm

RB   Wie ist es denn mit diesen Unterschieden? Oder gibt es für Sie diese Unterschiede überhaupt jetzt über die Optik hinaus? Was ist in New York anders, was in Saigon nicht so ist wie in Marrakesch?

DD   Es gibt grundsätzliche kulturelle Unterschiede.

RB   Ist es das, was Sie suchen? Also, wenn Sie suchen.

DD Diese grundsätzlichen kulturellen Unterschiede? Ich versuche, eine Empathie zu entwickeln, ein Verständnis über das Gefühl, nicht über den Kopf. Wenn ich sehe, daß Herr Bush einen Krieg anfängt, tut er das aus einem Unverständnis für die arabische Welt heraus. Ich behaupte nicht, daß ich die arabische Welt verstehe. Ich versuche, mich ihr anzunähern.

RB Aber vielleicht tut er es aus dem Verständnis der abendländischen Welt heraus.

DD Mit Sicherheit.

RB Und warum sollte das schlechter sein?

DD Ich sage nicht, daß das schlechter ist. Aber wenn die Konsequenzen, die aus diesem Selbstverständnis erwachsen dann in Toten und Desert Storms usw. enden, finde ich das, unabhängig von der Ideologie, nicht akzeptabel. Also kann ich mich nur auf das Resultat konzentrieren und nicht auf den Weg.

RB Ohne daß ich bei Ihnen in die Kategorie des Kriegstreibers abrutsche, aber ich denke, wenn die Machtverhältnisse anders herum wären, wäre es auch nicht anders.

DD Es wäre nicht anders. Und, um auf die Frage zurückzukommen, das unterscheidet New York von Saigon oder Ho Chi Minh City und nicht von Marrakesch. Ich glaube, daß im Grunde alle Menschen irgendwo gleich sind, und daß diese Ungleichheit aufgrund verschiedener Lebensformen zu Intoleranz führt. Wenn Saddam Hussein Präsident von Amerika wäre, oder Amerika geographisch gesehen in der Wiege der Weltkultur läge, dann würden beide sich nicht anders verhalten. Die Strukturen der Macht sind immer gleich.

RB Aber ist es nicht eine deprimierende Vorstellung, daß alle Menschen gleich sind?

DD Man kann es als deprimierend ansehen, man kann es aber auch positiv sehen. Wo die Menschen gleich sind in ihren Bedürfnissen, bringt sie das zusammen. Doch gleichzeitig treibt es sie auseinander. Ich glaube, die Summe aller Laster ist gleich. Egal, wie herum man es dreht. Neulich hat mich jemand gefragt, ja, wenn du Künstlerin bist – der Markt ist schlecht, es funktioniert alles nicht, keiner interessiert sich für Kunst, wir sitzen vor der Kriegssituation – wie kannst Du weitermachen? Hast Du Hoffnung? Du mußt doch Hoffnung haben. Und ich habe gesagt: Nein, ich habe keine Hoffnung. Ich beobachte einfach. Und ich habe keine Hoffnung, weil die Hoffnung etwas mit Wollen zu tun hat. In dem Moment, wo wir etwas wollen, zumindest als Künstler, können wir eigentlich aufhören.

RB ... so gar keine Hoffnung ...

DD Nehmen wir einmal an, ich hätte eine Hoffnung, und wir nennen das, was ich jetzt beschreiben will: Hoffnung. Das bedeutet, daß ich jeden Tag das mache, was ich tun kann, was meine Aufgabe ist, oder was ich als meine Aufgabe erkannt habe. Und in dieser Aufgabe bin ich glücklich. Daß ich damit die Welt nicht bewegen werde, frustriert mich nicht weiter.

RB Dina Draeger ist also ein glücklicher Mensch? – Hoffnungslos.

DD Ja, hoffnungslos glücklich. Glücklich schuldig. Also felix culpa. Im Akzeptieren des Unglücks bin ich glücklich. Ich versuche, nichts auszuschließen, das Sowohl-Als-Auch zu denken. Das hat immer etwas Paradoxes. Und im Grunde will ich zum Kuchen alle Zutaten dazutun und nicht nur die Hälfte. Insofern kann ich sagen: ja, schon glücklich. Wobei unsere Auffassung vom Glück sich ja eher auf herausragende Glücksmomente konzentriert, die man gerne immer hätte, und für mich sind diese Spitzen die Feste.

RB Sie plädieren für das kleine Glück?

DD Ich plädiere für die Harmonie. Glück als Zustand, nicht als Erlebnis.

RB   Aber eigentlich begreift man Glück erst dann, wenn es fort ist – auch das ist ein schönes Klischee.

DD   In meinen persönlichen Erfahrungen ist mir das Glück schon so massiv entglitten, daß ich sagen kann, dies hat die Schmerzgrenze zum Unglücklichsein sehr hoch gesetzt. Da bin ich wahrscheinlich bescheiden.

RB   Was wäre denn Glück für Sie?

DD   Glück wäre für mich persönlich erst einmal, das zu machen, was ich will. Das habe ich auch bisher immer gut hingekriegt. Das ist das individuelle Glück, aber es gibt ja noch das übergeordnete: Mehr Leute sollten machen können, was sie wollen.

RB   Das hört sich fast politisch an.

DD   Ja sicher. Das ist politisch, weil es um eine öffentliche Angelegenheit geht und wenn wir von der Politik reden, reden wir von der Politeia, also vom staatlichen Gebilde oder vom gesellschaftlichen Gebilde. Von der öffentlichen Angelegenheit. Hier liegt für mich auch der ästhetische Ansatz, ich sage, ich gehe nicht auf Suche nach irgendetwas, sondern ich orientiere mich an der Ästhetik. Ich bin nur das Medium. Ich versuche nur, etwas herauszuarbeiten. Dann sprechen die Bilder für sich.

RB   Na ja, ein bißchen tun Sie ja auch.

DD   Ich treffe eine Auswahl, eine Entscheidung. Aber ich will nicht Unglück ausdrücken oder Glück oder Tod oder Leben. Ich gehe nicht hin und wähle das Thema „Leben oder Tod" und will das jetzt ausdrücken.

RB   Und noch einmal ein bißchen zum Anfang zurück. Alles das, was Sie in der fernen, großen, weiten, schönen Welt finden, finden Sie ja eigentlich auch vor Ihrer Haustür.

DD   Ja, und ich habe auch beschlossen, jetzt im Frühjahr in Frankfurt Friedhöfe und Eroscenter zu photographieren. Meine Reisen haben auch den Blick für die Dinge hier geschärft.

RB   Erklären Sie mir doch mal die Dialektik zwischen Eroscenter und Friedhof!

DD   Das war jetzt ein plakatives Beispiel, aber Tod und Eros hängen eng zusammen. Das ist ein großes Thema in der Literatur und in der Kunst. Das große Thema der sakralen Kunst überhaupt ist die Pietà, dort entfaltet sich die ganze Mythologie: Ödipus, das erotische Verhältnis zwischen Mann und Frau, Nekrophilie, Kannibalismus, Inzest usw. All die großen Themen werden da angesprochen. Deswegen hängen Eroscenter und Friedhof für mich zusammen.

RB   Finde ich das in Ihren Bildern wieder? Wenn wir jetzt z.B. hier das Havanna-Bild angucken ... wo spielt sich das denn ab – Tod und Eros?

Kunst
2000, Schublade aus dem „Archiv"
Photomontage
25 × 21 cm

DD Einmal in den Lebensaltern. Und in der Gleichzeitigkeit von Personen im Bild.

RB In den unterschiedlichen?

DD Eine Frau ist immer die Gleiche, sie ist dreimal zu sehen. Erst denkt man, es sei eine ganz normale Straßenszene, und dann merkt man aber, daß die Straßenszene ein Fake ist. Und da stellt sich die Frage der Existenz-Koexistenz. Kann man zweimal existieren? Dahinter steckt eine metaphysische Frage. Also gibt es das Leben nach dem Tod? Dieses Nebeneinander – ich erzähle keine Geschichten, sondern ich bringe etwas zum Stillstand, ich bringe die Momente zum Stillstand. Zeige auch, wie absurd dieser Stillstand ist. Aber auch wie absurd das Weiterlaufen ist. Ich mache kein Bild im Vorübergehen. Immer nur im Innehalten.

RB Ist das das Totenreich?

DD Es ist ein Spiegel, ganz klar. Ich habe viele Friedhöfe photographiert.

RB Aus Todessehnsucht?

DD Nein. Wenn ich in Havanna im Gewimmel so einer Straßenszene bin und photographiere, stelle mich meistens in eine Ecke oder setze mich irgendwo hin und da bleibe ich. Ich renne nicht, ich bewege mich nicht. Ich bleibe und gucke. Diese Friedhöfe, die Nekropolis oder ähnlich heißen – die Städte der Toten, die großen Friedhöfe, mag ich besonders. Diese großen Totenstädte sind ein Spiegelbild des Lebens. Für mich ist alles Bewußtsein. Die Totenstadt drückt etwas aus. Ein Krieg drückt etwas aus. Als das World Trade Center von Flugzeugen zerstört wurde, war das für mich Ausdruck von etwas. Philosophisch gesehen habe ich einen absolut phänomenologischen Ansatz. Wie zeigen sich die Dinge? Oft weigern wir uns zu sehen, wie sich die Dinge zeigen, sondern fangen an, sie zu interpretieren. Ich versuche, nicht zu interpretieren, sondern die Dinge zu sehen wie sie sind – das kann ich zwar nicht. Aber ich bemühe mich darum. Ich komme nach Hause mit Hunderten, manchmal Tausenden von Photos. Ich stehe erst mal vor den ganzen Photos.

RB Das muß doch schrecklich sein!

DD Es ist fürchterlich. Ich bin völlig fertig danach, weil es einfach zu viel ist. Und dann muß ich mich konzentrieren und die Dinge zusammensetzen, ausprobieren usw. Dann entscheide ich mich. Aber in dem Moment, wo ich irgendwo stehe und photographiere, photographiere ich nur. Und das nach rein ästhetischen Kriterien. Es geht auch um Schönheit.

RB Erzählen Sie mir etwas von Ihrer Kindheit ...

DD Wo soll ich anfangen? Mit der Geburt?

RB Mit dem, was Ihnen so einfällt – woran Sie sich zuerst erinnern.

DD Kindheit war für mich Wildheit, Abenteuer. Als erstes fällt mir ein Zitat von Cioran ein. Natürlich, um jetzt etwas Zeit zu gewinnen.

RB Wir haben alle Zeit der Welt.

DD Dann schiebe ich vor, was er über Kindheit gesagt hat, um das Ganze ein bißchen unpersönlicher zu machen: Die beste Voraussetzung, um Künstler zu werden, ist eine unglückliche Kindheit. Ich bin sehr froh darüber, daß die mir auch zuteil wurde.

RB Aber ist das nicht auch ein sehr bürgerlicher oder romantischer Standpunkt, der behauptet, daß man unglücklich und möglichst arm sein müßte, um kreativ werden zu können?

DD Das ist ein Mythos.

RB Also gut, lassen wir die Großen und die Kleinen der Weltliteratur. Erzählen Sie mir von Ihrer Kindheit.

DD Meine Kindheit, ja – wie war die?

RB Wo war die?

DD In Norddeutschland. Die oszillierte zwischen Lüneburger Heide und der Ostseeküste. Zum Teil war ich bei Verwandten, zum Teil bei meinen Eltern, zum Teil bei den Großeltern. Ich wollte nicht in die Vorschule gehen und auch nicht in die Schule. Ansonsten war ich meistens alleine im Wald und habe gespielt, oder hatte Pferde. Ich bin viel mit Tieren zusammen gewesen. Im Wald hatte ich meine Dependancen gebaut, Höhlen, Baumhäuser und alles Mögliche. Ich war immer irgendwie handwerklich zugange. Es gab zu Hause zwar große Zimmer, aber dort war nie mein Zuhause, weil ich keine Privatsphäre hatte. Darum meine Dependancen im Wald.

RB Also eine bewegte Kindheit?

DD Ja. Ich habe mich sehr ausgiebig mit dem Werk von Louise Bourgeois beschäftigt, sie sagt, Kindheit sei ihr ganzer Motor. Das halte ich für eine Legende. Ich will das nicht in Abrede stellen, aber sie benutzt die Kindheit als einen Vorwand für ihr Werk, der mir zu weit zurückliegt.

RB Mich würde ja mehr interessieren, was Sie über Ihre Kindheit denken als über Frau Bourgeois ...

DD Ich habe ein bestimmtes Bild von meiner Kindheit. Ich habe aber nicht wirklich einen Bezug zu ihr.

RB Haben Sie denn Erinnerungen an Ihre Kindheit?

DD Ja, aber ich mißtraue meiner Erinnerung.

RB Das macht ja nichts.

DD Deswegen halte ich ja die Kindheit für einen großen Mythos. Ich kann nur sagen, daß ich sie als Abenteuer in Erinnerung habe, als eine wilde Zeit. Ich habe keine große Erziehung im herkömmlichen Sinne genossen, weil meine Mutter psychisch krank und mein Vater zumindest sehr chaotisch war. Ich habe nicht in Erinnerung, daß man sich um mich gekümmert hätte und deswegen habe ich die Flucht nach vorne angetreten. Ich habe mich sehr früh selbständig gemacht, z. B. im Wald. Witzigerweise ist mir jetzt vor kurzem aufgefallen, daß ich wieder im Wald gelandet bin. Ich wohne mitten im Wald, habe einen großen Garten, da kann ich spielen gehen und fühle mich dort sehr zu Hause.

RB Das heißt, Ihr Zuhause ist jetzt ...

DD Kindheit ist für mich Wald.

RB Gut, da ist aber auch noch eine pathologische Mutter und ein chaotischer Vater – wie erinnern Sie sich an Ihre Eltern?

DD An meine Mutter als unberechenbar, an meinen Vater auch als unberechenbar. Ich habe von meinem Vater, als dem „Normalen" in dieser Eltern-Konstellation niemals eine klare Aussage gehört. Es gab keine verläßlichen Aussagen. Ich glaube, daß ich mir deshalb sehr schnell eigene Ordnungssysteme gesucht habe. Ich bin sehr systematisch, sehr ordentlich und kann Unpünktlichkeit überhaupt nicht vertragen. Unzuverlässigkeit jeglicher Art macht mich wirklich verrückt. Ich kann damit nicht souverän umgehen. Das führt dazu, daß ich in diesen Punkten auch intolerant bin. Ich glaube, daß diese Struktur, schon einen Grund in meiner Kindheit hat. Das kann ruhig plump erscheinen.

RB Es fehlte der Halt.

DD Ja, ich habe für mich ganz schnell nach verläßlichen Systemen gesucht.

RB Wie geht das, wie macht man das?

DD Wenn kein verläßliches System da ist, und man eine kreative Wurzel hat, dann schafft man sich Gestalten oder Ersatz-Systeme.

RB Welche Gestalten?

DD Man gestaltet sich Welt selber und deshalb weiß man, wie dieses System funktioniert. Es wird berechenbar und gibt Sicherheit. Das ist klingt vielleicht autistisch, aber ich fühle mich ganz wohl dabei.

RB Und ist dieser Stillstand in Ihren Bildern nicht auch so etwas?

DD Sicher. Ich begegne den Gestalten in meinen Bildern und versuche, sie für andere sichtbar zu machen.

RB Sie waren in der Analyse? Was ist denn dabei herausgekommen? Was wissen Sie jetzt über sich?

DD Ich kenne meine Strukturen und die Frühwarnsysteme funktionieren besser. Ich erkenne schneller, was schiefläuft, und ob dieses Schieflaufen etwas mit mir zu tun hat. Ich habe gelernt, daß ich es nicht allen recht machen muß, daß ich meine Strukturen akzeptieren muß, dabei hat mir auch der Sport geholfen. Er hat mich zu einer gewissen Geisteshaltung geführt in dem Sinne, daß man sich freier und authentischer bewegen kann. Und zu der Einsicht, daß niemand sich wesentlich ändert. Man kann nur sehen, daß man so, wie man ist, besser klarkommt.

RB Sport – was für ein Sport?

DD Karate ... bis zum 2. Dan.

RB War Ihre Kindheit ein Hort der Bindungslosigkeit – kann man das so sagen – Ihren Eltern gegenüber? Und wie wirkt sich das heute auf Sie aus? Auf Ihre Lover?

DD Die Analyse habe ich schon relativ früh gemacht. 5 Jahre nachdem die große Beziehung in meinem Leben gescheitert war, habe ich eine Psychotherapie begonnen. Ich war der Meinung, daß ich nicht bindungsfähig bin.

RB Aber das ist doch das Normalste von der Welt, daß die große Liebe zerbricht. Sonst gäbe es überhaupt keine Weltliteratur. Wenn da jeder zum Psychiater, zum Analytiker liefe ... die würden ja unendlich reich.

DD Das wäre schade, gute Bücher sind mir lieber. Wie wirkt sich das auf meine heutigen Bindungen aus? Ich glaube, daß man zuerst eine Bindung zu sich selbst haben muß. Das reicht eigentlich völlig aus. Alles andere kommt von alleine. Ich habe eine Bindung zur Kunst. Die Kunst kommt von alleine, weil ich eine Verbindung zu ihr habe. Sie entsteht aus der Verbindung zwischen der Welt und mir. Alles andere ergibt sich aus dieser Bindungsfähigkeit, und offensichtlich besitze ich die andere Bindungsfähigkeit nicht so stark. Meine größte Bindungsfähigkeit ist die zur Kunst. Und die Kunst ist die Welt, die ich selbst gestalte.

RB Brauchen Sie denn dann noch die andere Welt?

DD Ich glaube, wenn man geistig gesund bleiben will, muß man mit anderen Menschen zusammenleben. Nicht, ohne mit Nietzsche den Hintergrund bedacht zu haben, daß der Mensch ein krankes Tier ist. Ich kann meinen Beitrag zur Allgemeinheit mit meinem Talent, der Bindung zur Kunst, leisten.

RB Ihre Beziehungen bewegen sich nicht?

DD Sie bewegen sich nicht, jedenfalls nicht die persönlichen Beziehungen zu Partnern. Zu Freunden schon. Ich bin eine sehr treue Seele, und die Freunde, die ich gewonnen habe, die habe ich bis jetzt mein Leben lang. Es sind nicht viele, aber man kann auch nicht viele haben, das geht gar nicht, weil jeder Freund viel Aufmerksamkeit braucht. Da greift dieses System von Verläßlichkeit. Für persönliche Bindungen in Ehegemeinschaften habe ich vielleicht nicht das Talent, weil ich primär Kunst mache. Ich habe auch das Gefühl, daß das gesellschaftliche Rollenverständnis damit etwas zu tun hat. Bis jetzt habe ich keine Männer erlebt, die akzeptiert haben, den Hausmann zu spielen oder nicht so erfolgreich zu sein, wie ich. Da kollidieren Rollenverständnis und Realität.

RB   Sie kommen mir nicht so vor, als wenn Sie jemanden akzeptieren könnten, der nicht erfolgreich ist und dann den Hausmann spielt.

DD   Es kommt darauf an, was man unter Erfolg versteht. Das Wort impliziert ein Resultat. Es kann einer erfolgreich Hausmann sein, oder ein anderer erfolgreich scheitern. Das tut man als Künstler, man versucht, erfolgreich zu scheitern. Nicht erfolglos. Man hat als Künstler nur eine Möglichkeit, Karriere zu machen und das heißt, berühmt zu werden, sagt mein Freund Ottmar Hörl. Wenn man nicht scheitert, ist man kein Künstler. Und deswegen muß man sehen, daß man erfolgreich scheitert. Menschen, die erfolgreich scheitern, sind für mich kreativ. Es muß kein Erfolg im gesellschaftlichen Sinne sein. Für mich ist das nicht so wichtig. Ich habe immer für mich gesorgt, und ich kann mir vorstellen, daß ich auch für jemanden sorgen könnte.

RB   Na ja, erfolgreich zu scheitern als Hausmann ist natürlich eine sehr unbekannte Konstruktion.

DD   Daß er zum Beispiel Geschirr in der Waschmaschine im Schleudergang reinigen will ...

RB   Das wäre dann das Äquivalent zur gescheiterten Pietà des Michelangelo?

DD   Ja. Dann kann ich sagen: Gut, daraus mache ich eben ein Video oder eine Performance. Ich glaube, daß gerade Fehler die Kunst, die Evolution weiterbringen. Die Evolution besteht für mich aus der Summe der Fehler, die überlebt haben. Die bringen die Welt weiter. Ich halte Evolution für eine Reihe von Fehlschlägen, die aufgrund ihres erfolgreichen Scheiterns stärker waren, als das bis dato Bewährte. So betrachte ich Erfolg. Das Fehlermachen heißt eigentlich, sich ein bißchen daneben zu benehmen. Das ist der Ursprung jeder Kreativität überhaupt.

RB   Was erfahre ich in Ihrem oder durch Ihr Archiv? Finde ich da auch ein Stück Kindheit wieder, über die Sie so ungern reden?

DD   Ja, klar. Oder Imago von Kindheit.

RB   Was finde ich überhaupt in diesem Archiv? Wenn Sie sagen, Photos aus den letzten 25 Jahren, hört sich das so endgültig an, wie Abschied. Ist das so in Ihrem Archiv? Das war es jetzt?

DD   Nein. Das Archiv lebt ja weiter. Es werden immer wieder Schubladen ersetzt. Für mich hat sich die Bedeutung der Schubladen „Krieg", „Feuer", „Tempel", „Passion" geändert. Man ändert seine Assoziationen zu Begriffen. Um diesen Prozeß geht es auch. Es geht nicht darum, einen Begriff, der auf der Schublade steht, zu illustrieren. Man zieht die Schublade auf und findet etwas anderes, als das, was das Wort im allgemeinen Verständnis transportiert. Das heißt, das Bild benimmt sich in bezug auf das Wort daneben. Wittgenstein sagt: „Worüber man nicht reden kann, darüber soll man schweigen." Trotzdem vermischen wir beides immer wieder. Besonders das Fernsehen, der Film ...

RB   Auch die Kunst?

DD   Ja, die Kunst trägt dazu bei.

RB   Mich erinnert das mehr an Magritte, der ja auch bildnerisch mit solchen Begriffen operiert.

DD   Ja.

RB   Wenn ich – klar, typisch Mann – die Schublade „Sex" aufziehe, was sehe ich dann?

DD   Sie sehen zwei Schnecken beim Akt – die habe ich übrigens in meinem Garten photographiert – das war nicht in Asien! Der Himmel über den Schnecken ist allerdings aus Australien, weil er ästhetisch gepaßt hat. Die Schnecken entscheiden während des Aktes, wer Männchen oder Weibchen ist, eine Metamorphose findet statt.

Es herrscht Parität dabei. Um diese Dimension ging es mir, darum habe ich Schnecken genommen.

RB   Würde Ihnen gefallen, im Akt zu entscheiden, wer Männchen und wer Weibchen ist?

DD   Also, ich habe den Ovid gelesen ...

RB   Ich will nicht wissen, was Sie gelesen haben, ich will wissen, was Sie denken!

DD   Es würde mir gefallen.

RB   Aber nur im Akt oder auch im täglichen Leben?

DD   Auch im täglichen Leben, dabei fällt mir noch etwas aus der Kindheit ein. Ich wäre am liebsten ein Junge gewesen. Ich habe nicht mit Puppen gespielt, ich habe alles, was man als Mädchen macht, nicht gemacht. Extra nicht gemacht. Ich wollte das nicht. Ich habe mich aus Protest wie ein Junge aufgeführt.

RB   Aus Protest wem gegenüber?

DD   Aus Protest dem Mädchen-Sein gegenüber. Meine Mutter wollte unbedingt ein Mädchen. Ich wollte nun mal nicht, was meine Mutter wollte. Hätte sie gewollt, daß ich ein Junge bin, hätte ich das wahrscheinlich auch ins Gegenteil gekehrt.

RB   Aber das ist typisch.

DD   Ja. Das ist ein ganz einfacher Mechanismus. Ich wollte jedenfalls immer ein Junge sein. Ich weiß noch, ich mußte die Haare lang tragen und durfte sie mir nicht abschneiden. Dann habe ich mir ganz viele Kaugummis gekauft und die so in den Haaren verteilt, daß sie abgeschnitten werden mußten. Ich habe Fakten geschaffen. Wenn ich so nicht bekam, was ich wollte, habe ich es irgendwie anders versucht. Einmal steckte ich die Vorschule an, weil ich dort nicht hin wollte.

RB   Angesteckt?

DD   Ja.

RB   Also Brandstifterin?

DD   Brandstiftung. Ging glimpflich ab. Ich habe das sehr systematisch geplant, nachdem ich vorher versucht hatte, Auswege zu finden. Aller Widerstand hat nichts genützt, also habe ich versucht, das Problem an der Wurzel zu packen. Sozusagen. Dann der Psychiater.

RB   Und den haben Sie dann verführt?

Meisterwerk
2000, Schublade aus dem „Archiv"
Gouache auf Photographie; 29 × 47 cm

DD   Nein. Da war ich noch zu klein, noch im Vorschulalter. Dann habe ich eine lange Zeit meiner Kindheit im Rollstuhl verbracht. Also Abenteuer, Weglaufen usw., ging nicht mehr, als ich im Rollstuhl saß.

RB   Warum im Rollstuhl?

DD   Ich hatte einen schweren Unfall gehabt. Das war eine Zeit der Unbeweglichkeit, ich fühlte mich ausgeliefert, weil ich auf Hilfe angewiesen war. Auf Hilfe angewiesen zu sein, ist bis heute ein schlimmer Zustand für mich.

RB Ich erinnere mich, bei der Einweihung des Ateliers hier, waren Sie auch in diesem Zustand, Sie liefen mit Krücken.

DD Das war grauenhaft.

RB Aber Sie sahen doch sehr thronend aus.

DD Ja, ich habe mir gesagt: Gut, Du hast 10 Jahre auf der Bühne gestanden, jetzt finde dich mal in die Rolle rein und spiele sie. Ich habe versucht, spielerisch eine Lösung zu finden. Aber ich wußte, daß es ja nur eine Rolle war. Von der Bühne kann man ja auch wieder runtergehen. Von der Lebensbühne kann man nicht so runtergehen.

RB Haben Sie denn heute immer noch das Gefühl, daß Sie manchmal lieber ein Junge wären? Ich meine, jenseits des Bettes?

DD Ja. Schon manchmal. Ich habe viel Yan, würde der Chinese sagen, aber auch viel Yin, weil ich sozusagen auf Augenhöhe mit dem Tod bin.

RB Was heißt denn „auf Augenhöhe mit dem Tod"? Sind wir dann wieder beim Friedhof oder ist das was anderes?

DD Nein, ein Kollege aus Taiwan hat mich darauf gebracht. Der hatte das Photo, das der Photokünstler Peter Schlör von mir gemacht hat, gesehen und gesagt: „Du hast großen Kontakt zum Jenseits." Deswegen meine ich mit „auf Augenhöhe mit dem Tod" eine spirituelle Dimension.

RB Erzählen Sie mir etwas über den Arbeitsprozeß in Ihrer Kunst. Sie photographieren, malen, scannen, bedrucken Leinwand, dann wird noch einmal gemalt. Das ist ja ein ungeheuer aufwendiger Prozeß. Warum malen Sie nicht einfach ... – machen Sie Aurabeseitigung?

DD Ich habe Medienkunst studiert. Für mich ist jedes Medium gleichberechtigt. Ich arbeite also auch für eine Gleichberechtigung der Medien. Und zwar Gleichberechtigung der Medien in dem Sinne, daß Photographie genauso gut sein kann, wie das Malen. Die Malerei wurde entfernt. Sie ist schon x-mal für tot erklärt worden und ich möchte diese Verschränkung zwischen Malerei und Photographie oder Skulptur und Malerei oder Wort und Bild in einen gleichberechtigteren Diskurs setzen. Ich arbeite für eine größere Gleichberechtigung der Malerei. Ich bin Malerin und male auch für die Malerei und damit Rezeption von Malerei. Ich möchte auch zeigen, daß es nicht wichtig ist, was nun was ist.

RB Eine Zeitlang war die Malerei sehr in die Ecke gedrängt worden. Nun kommt gerade eine Periode, wo sie fast wieder dominiert. Aber könnte Ihnen das nicht letztendlich egal sein? Was haben Sie von einer Demokratisierung oder von der Enthierarchisierung dieser Medien? Sie malen, damit hat es sich.
Die Frage ist doch: Was erfahre ich mehr in diesen häufig bearbeiteten Bildern von Bildwelt, als wenn es nur einen Arbeitsprozeß gäbe?

DD Durch diese vielen Prozesse finden immer wieder Manipulationen statt. Es gibt verschiedene Wirklichkeitsebenen. Ich habe die Wirklichkeit oder die Wahrheit, oder alles was wir als Welt wahrnehmen, ständig im Verdacht, daß alles gar nicht stimmt. Ich brauche diese vielen Schichten, um mir selber vor Augen zu führen, daß nichts so ist, wie wir es sehen, sondern daß es immer ganz viele Schichten gibt. Das Verschmelzen dieser Schichten hat etwas von einem Palimpsest. Man kratzt etwas ab, dann schreibt man drüber, und es ist immer noch irgend etwas auf diesem Papyrus übrig. Die Vergangenheit eines Bildes schimmert durch mit verschiedenen Annäherungen an Wirklichkeit, die man natürlich wieder verwerfen muß. Mit dem nächsten Bild hat man das vorhergehende schon völlig verworfen – ich jedenfalls. Dieser Zweifel an Welt ist etwas Grundsätzliches. Die erste Schicht hat eine Geschichte, eine Vergangenheit. Jedes Gesicht hat eine Geschichte, eine Vergangenheit. Wenn ich ein Photo mache, ist es

Sex
2000, Schublade aus dem „Archiv"
Öl auf Photographie
25 × 12 cm

ein Photo, das ganz aktuell ist. Ich mache das Photo, aber dieses Photo ist Vergangenheit, indem ich den nächsten Arbeitsschritt angehe. Das heißt, es wird ständig aktualisiert, um zu zeigen, daß die aktuelle Form auch schon wieder Vergangenheit ist. So, wie ich sage: Ich vergesse ein Bild, wenn ich es gemacht habe. Für mich ist es sehr wichtig, daß dieses Bewußtsein für Geschichte da ist, in einem großen geschichtlichen Bogen denken zu

können. Das Bewußtsein dafür, daß die Mythologien, Bibeltexte, der Talmud heute noch aktuell sind. Daß es also etwas gibt, was sich durch die Menschheitsgeschichte wie ein roter Faden zieht. Das ist vielleicht auch so eine Verläßlichkeit. Was ist das, was uns alle immer wieder in den Krieg oder in die Liebe führt, immer wieder zu all diesen ursprünglichen Dingen, die wir offensichtlich nicht lernen, sondern nur erfahren können. Ich versuche, Erfahrung und Lernen irgendwie zu verbinden, durch Zeitabstufungen oder die Gleichzeitigkeit mehrerer identischer Personen in einem Bild. Ich führe die Dimension „Zeit" nicht chronologisch, sondern synchron. Dahinter steht die Frage: Was bedeutet für uns Abendland? Warum verstehen wir den Islam nicht?

RB Was hätten wir davon, wenn wir den Islam verstehen würden?

DD Es gibt einen Grundsatz für mich: Man soll die Leute in Ruhe lassen.

RB Das Problem könnte sein, daß die mich aber nicht in Ruhe lassen.

DD Man kann sagen: Keine Freiheit den Feinden der Freiheit. Ich habe da einen anderen Ansatz.

RB Der ist wie?

DD Der Ansatz ist: Freiheit den Feinden der Freiheit.

RB Bis hin zur eigenen Vernichtung?

DD Wenn ich jetzt auf die Straße gehe und jemand will mir eine reinhauen, dann würde ich zuerst versuchen, der Situation durch Ausweichen zu entgehen.

RB Aber mit Karate können Sie doch eigentlich gleich zuschlagen.

DD Ja. Und das ist genau der Punkt. Es geht um eine Geisteshaltung: Ich lerne zu kämpfen, um nicht zu kämpfen. Und mit dieser Geisteshaltung vermeide ich im großen und ganzen auch, daß jemand auf die Idee kommt, mir eine reinzuhauen.

RB Das können Sie ja nur aus der Position der Stärke heraus!

DD Aus innerer Kraft. Mir passiert eigentlich nie etwas. Es ist wie mit dem Propheten, der auf dem Stein sitzt. Es kommt ein Wanderer und fragt: „Wie sind die Menschen in der nächsten Stadt?" Prophet: „Wie waren sie in der letzten?"

Lustmord
2000, Schublade aus dem „Archiv"
Öl auf Photographie
42 × 35 cm

Wanderer: „Unfreundlich." Prophet: „So werden die Menschen in der nächsten Stadt auch sein." Dann kommt noch ein Wanderer und stellt die gleiche Frage. Der Prophet stellt die gleiche Gegenfrage. Der Wanderer sagt: „Die Leute waren freundlich." Der Prophet sagt: „So werden die Menschen in der nächsten Stadt auch sein."

RB Also: Ich finde das, was ich suche, was ich behaupte oder was ich mir vormache?

DD Es ist nur meine Methode mit der Welt umzugehen. Diese Methode funktioniert, wenn ich versuche, den Anderen zu verstehen und meinen Narziß zurücknehme ... alles ist Energie. Der Krieg ist Energie, der Frieden ist Energie. Ich versuche, meine Energie zu leiten, das habe ich auch durch den Sport gelernt. Wenn George Bush durch das Charisma seines Amtes der mächtigste Mann der Welt ist, um Krieg zu führen, ist er auch der mächtigste Mann der Welt, um Frieden zu stiften. Es gab mal diese Werbung auf Betonlastern „Beton, es kommt darauf an, was man draus macht". Energie, es kommt darauf an, was man daraus macht. Und ich versuche, Kunst daraus zu machen.

RB Ist Ihre Mutter Jüdin?

DD Ja.

RB Um vielleicht noch einmal auf Ihre Kindheit zurückzukommen, erinnern Sie sich an Ihr Jüdischsein?

DD Ich erinnere mich an den Antisemitismus meines Vaters.

RB Er war kein Jude?

DD Nein.

RB Wann ist Ihr Vater geboren?

DD 1932, meine Mutter 1934. Meine Mutter hat aus Zufall überlebt.

RB Gut, Sie sind jüdisch und haben das irgendwann einmal entdeckt ...

DD ... ich entdecke es zunehmend, je älter ich werde. Man muß sich mit seinen Wurzeln auseinandersetzen. Je mehr ich mich damit auseinandersetze, desto klarer wird es mir auch. Mein Freund aus Algerien, Smaïn Hadjadj, ein in Paris ansässiger Psychoanalytiker und Professor, sagte, als er meine Aquarellbücher gesehen hat: „Das ist der Holocaust". „Mächtig ist der Mörder, der nicht bestraft wird" und diese ganzen Textfragmente in meinen Büchern, die „Rosefields" die seit 1995 immer wieder auftauchen, dazu sagte er: „Es geht bei deinen Arbeiten immer wieder um die Vernichtung." Die Rosenblüten bedeuten in ihrer Ansammlung große Menschenmengen. Das ist mir selber gar nicht so klar gewesen, das hat er mir erst erklärt.

RB Aber wenn ich mir diese Bilder betrachte, dann geht es doch eigentlich nicht um Vernichtung. Das ist doch Stillstand, oder?

DD Für das Archiv bin ich ins Krematorium gegangen und habe Leichen photographiert und die Öfen. In der Schublade „Freiheit" schaut man in die Öfen. Wie auf der Autobahn schlittert man da rein, natürlich geht es da um Vernichtung. In der Schublade „Metaphysik" geht es um Vernichtung: Eine Selbstmörderin über kollabierenden Tempelsäulen. Das sind Hintergründe, die muß man kennen, man sieht das dem Bild nicht an.

RB Wo geht's denn noch um Vernichtung?

DD In den Aquarellbüchern.

RB Also würden Sie sagen, das sei das Jüdische?

DD Nein, ich würde das Jüdische speziell bei mir, und auch allgemein nicht, mit Vernichtung gleichsetzen.

RB Ja, aber der Holocaust ist die jüdische Erfahrung.

DD Ja, das ist so ...

RB Könnten Sie da in Ihren Bildern Jüdisches herausdestillieren?

DD Ich glaube nicht, ich könnte es nicht, jeder andere vielleicht. Es ist schwierig.

RB Wenn Sie die Scans übermalen, verdecken Sie ja auch etwas ... Was wollen Sie denn verdecken? Daß Sie der Welt nicht glauben, daß sie so ist wie sie sich darstellt, das ist schon klar. Aber was verdecken Sie?

DD Die Belanglosigkeiten.

RB Ein hartes Wort ...

DD Ich versuche auf das Wesentliche zu kommen, und die für mich belanglosen Dinge auszublenden. Das ist ja meine Entscheidung in dem Moment, das ist ja meine Arbeit ...

RB Ja gut, aber wenn Sie zum Beispiel die grauen Haare der Frau in „Habanagirls" noch grauer malen, verdecken Sie etwas damit? Ich meine, verdecken Sie damit Belanglosigkeiten ...

DD Die Haare waren von der Druckqualität her einfach schlecht, ich habe ihnen eine Struktur gegeben. Wenn beim Drucken etwas schiefgeht, ist es nicht so schlimm, denn ich kann ja immer malen.

RB Werkstattgeheimnisse ... dürfen wir die verraten?

DD Ja, das ist doch kein Problem. Kollegen haben mich vor Internetauftritten gewarnt wegen meiner bisher neuen Technik, daß man mich kopieren könnte usw. Da habe ich keine Angst. Photos wurden immer manipuliert, gemalt wurde immer, trotzdem ist van Gogh van Gogh und Rembrandt ist Rembrandt. Keiner kann kopieren, was in meinem Kopf ist oder macht die Reisen mit meiner speziellen Wahrnehmung oder hat meine persönlichen Studien gemacht. Wenn mir jemand die blöde Frage stellt, wie lange ich für ein Bild gebraucht hätte, kann ich nur antworten: „Mein ganzes Leben und die Zeit, die ich für das spezielle Bild gebraucht habe."

RB Das meine ich weniger. Aber der Sammler möchte ja das Exklusive, das Nur-Für-Sich-Habbare besitzen. Wenn man ihm nun verrät, wie das gemacht ist, ist das nicht geschäftsschädigend?

DD Das sollen die Galeristen machen.

RB Sie sagen, sie werden immer mehr jüdisch, je älter Sie werden, und das in Ihrem jugendlichen Alter, wie wirkt sich das denn aus?

DD Zum Beispiel in der Beschäftigung mit der Kabbala, den Sprachen. Meine Sprache ist mein Territorium. Ich merke, daß durch die Auseinandersetzung mit der Geschichte, mit der Sprache, mit dem Essen ja sowieso, das merkwürdigerweise immer kosher war. Es wurde zwar nicht gesagt, aber ich glaube, mein nichtjüdischer Vater, hat gar nicht gemerkt, daß er koscher gegessen hat … das sind so die kleinen Subtilitäten. Ich spüre, ich brauche eine Identität, die kann ich mir nicht selber schaffen, das ist eine Illusion. Als Kind dachte ich, ich könnte mir meine eigene Welt bauen, und das ist dann meine Identität. Das ist sie aber nicht. Die Identität ist nicht, was ich mir konstruiere. Ich versuche, mich mit dieser Identität bekannt zu machen, und wenn es geht, auch anzufreunden.

RB Sie sagen Kabbala, aber Kabbala ist natürlich nur ein Aspekt. Die Meister, auch die kabbalistischen Meister sagen, bevor man die Thora und den Talmud nicht begriffen hat, hat es überhaupt keinen Sinn sich mit der Kabbala zu beschäftigen.

DD Ich kontere mit Laotse: Der Weise ist nicht gelehrt und der Gelehrte ist nicht weise.

RB Das sind schlaue Sprüche …

DD Ja.

RB Die kann man auch in der Werbung gebrauchen.

DD Warum soll ein Kabbalist keine Werbung machen und Laotse nicht werbefähig sein? Ich wollte nur sagen, die Theorie lernt man auf der Straße. Das was man begreift, muß man erfahren haben. Wir haben wohl alle mehr oder weniger die Erfahrung gemacht, dasselbe Buch in verschiedenen Lebensaltern zu lesen und immer scheinen es andere Bücher zu sein, weil man sich selber verändert hat, seine Wahrnehmung usw. Ich sehe das nicht so buchstäblich. Ich muß nicht Proust lesen, weil es ein Mythos ist. Sie haben ja mal auf meine Aussage „ich langweile mich nie" so wunderbar geantwortet: „dann versuchen Sie es doch einmal mit Proust". Herrlich, das bringt es genau auf den Punkt. Ich bin noch nicht reif genug für die Langeweile.

RB Gehen Sie in die Synagoge?

DD Ja, wenn ich zufällig in der Nähe bin …

RB Aber nicht bei uns, in Mannheim oder Heidelberg?

DD In Berlin, die Synagoge in der Tucholskystraße, mag ich sehr gerne.

RB Ich habe natürlich darüber nachgedacht, ob man etwas Jüdisches bei Ihnen herausfiltern kann: Sagt Ihnen der Begriff des Maranen was?

DD Erzählen Sie …

RB Maranen sind die iberischen Juden, die zwangsweise – auch wenn sie es freiwillig taten war es Zwang – zum Christentum bekehrt wurden, und die im Geheimen ihr Judentum weitergelebt haben …

DD Langsam klickt es.

RB Ich kann das jetzt nicht begründen – wenn man darüber schreiben würde, wäre es vielleicht spannend – mir kommt dieses Verdecken … daß Sie die Geschichte suchen und dann wieder verdecken, wieder suchen, etwas Neues finden, sehr maranisch vor.

DD Das ist auch jüdische Geschichte. Dazu gehören nicht nur die Maranen, auch die Semiten, mein algerischer Freund ist Muslim, aber auch Semit …

RB Ja, aber das ist etwas anderes, das ist eine andere Geschichte.

DD   Und trotzdem sehen wir, obwohl wir aus so unterschiedlichen Lagern kommen, mit welch tiefem Verständnis wir einander begegnen. Wir denken oft, das hätte etwas mit dem gemeinsamen Stamm zu tun.

RB   Die Regel ist ja, daß sie sich gegenseitig den Schädel einschlagen, wenn sie sich begegnen. Verständnisvoll, verständnislos ...

DD   Da habe ich einen anderen Weg.

Karriere
2000, Schublade aus dem „Archiv"
Öl auf Photographie
35 × 32 cm

RB   Da haben sich zwei andere Leute getroffen, ich weiß nicht, ob Sie diesen Weg überall einhalten können. Ich will mal ein bißchen reaktionär sein.

DD   Wissen Sie, wenn ich morgens zur Arbeit fahren wollte und dann stünde da einer mit dem Maschinengewehr und sagte: „Frau Draeger, heute nicht", wäre das natürlich eine andere Sache.

RB   Das meine ich gar nicht, ich denke, man muß auch aufpassen, daß man die Welt nicht mit Ihrem Verständnis idealisiert. Ich glaube, daß Welt natürlich auch die Verständnislosigkeit ist, und daß das auch eine Kraft ist.

DD   Mit Sicherheit. Wenn ich diese Verständnislosigkeit nicht spüren würde ... das ist doch der Motor, ich würde ohne dieses Gefühl überhaupt nichts Kreatives machen können. Im Paradies werden keine Bilder gemalt. Wenn ich dieses Drama, diese Tragödie nicht empfinden würde ... ich male eigentlich nur, damit ich nicht im Knast lande.

RB   Was würden Sie denn machen, wenn Sie nicht malen würden? Wären Sie dann die große Gangsterin?

DD   Ich male auch gegen das innere Grauen an oder auch gegen meine eigene Grausamkeit, den Sadismus, usw. Diese Kräfte spüre ich ja.

RB   Also das, was in uns mordet, in uns haßt ...

DD   Ja, das ist sehr präsent in mir.

RB   Ich finde ja ganz spannend, daß das für Sie so ist, aber was soll mich das interessieren – mich, den Anderen, den Sammler.

DD   Es kann Sie berühren, oder es kann Sie nicht berühren, das ist doch Ihre Sache. Oder Ihr Gefühl. Entweder ich berühre jemanden oder ich berühre ihn nicht, das bleibt dem Betrachter überlassen.

RB   Ja gut, ich kann ihm ja auch ein bißchen helfen. Das ist mir eine zu reine Lehre. Ich berühre jemanden, oder ich berühre ihn nicht, aber wenn ich ihn streife, dann fühlt er sich auch bemüßigt oder angesprochen, mich zu berühren.

DD   Ja, aber derjenige, der ein Bild von mir kauft, kauft es nicht aus denselben Gründen, aus denen ich das Bild gut finde. Darüber habe ich doch keine Macht, keinen Einfluß. Ich kann versuchen, zu erklären. Diese beiden Mönche zum

Beispiel, könnten auch Skinheads sein. Für mich handelt es sich um die Reflexion der Pietà von Bellini, das ist mein Hintergrund, den ich auch gerne erkläre. Ich habe letztes Jahr einer Journalistin über zwei Stunden lang meine Arbeit erklärt, die Frau hat aber nichts begriffen, gar nichts.

RB Vielleicht war es eine Volontärin …

DD Nein, war sie nicht, sie hat in mich etwas projiziert, sie hat geschrieben, Dina Draeger sei eine Selfmadekünstlerin. Das bin ich nicht, ich habe meinen Beruf studiert und nicht an der Volkshochschule Farbübungen gemacht. Solchen Reaktionen gegenüber bin ich machtlos. Ich kann nur versuchen zu erklären, was ich mache, dafür bin ich mir nicht zu fein. Das habe ich ja auch im Studium der Kunstgeschichte gelernt. Viele Künstler habe ich lange gar nicht geschätzt oder erkannt, weil ich keinen geschulten Blick hatte. Ich versuche, den Blick zu schulen, auch durch theoretische Unterfütterung.

RB Wie war das? Eines morgens sind Sie aufgestanden und haben gesagt: „Jetzt werde ich Künstlerin."

DD Ich kann mich nicht erinnern, wann es war, aber seit ich mich zurückerinnere, wollte ich immer Kunst machen. Das war immer meine Berufsvorstellung. Da bin ich völlig ungebrochen. Obwohl ich vor dem Studium noch zwei Berufe gelernt habe, weil ich Angst vor der Akademie hatte.

RB Was haben Sie denn noch Schreckliches gelernt?

DD Erzieherin und Radiojournalistin. Im Grunde habe ich noch einen dritten Beruf, denn ich habe elf Jahre lang als Kabarettistin auf der Bühne gestanden.

RB Ist das nicht ein bißchen viel? Selbst Goethe hat es nicht geschafft, gleichzeitig ein guter Dichter und ein guter Maler zu sein.

DD Nein, das geht wahrscheinlich nicht. Jetzt mache ich nur noch Kunst, und das ist viel anstrengender.

RB Gab es denn einen Grund zu sagen: „Ich will Kunst machen, muß Kunst machen."? Ist das ein Bedürfnis?

DD Es ist eine Notwendigkeit. Es macht Spaß. Wenn ich male, bin ich glücklich. Ich bin glücklich über sichtbare Resultate.

RB Sie müssten doch eigentlich prima und leicht zu handhaben sein – man gibt Ihnen eine Leinwand und schon …

DD Ich will mir die Leinwand schon selber aussuchen.

RB Sie haben sich ja auch das Thema Ihrer Doktorarbeit in Kunstgeschichte selbst ausgesucht. Warum gerade Louise Bourgeois? Die hat ja viel Vergangenheit.

DD Am Anfang meines Studiums war ich auf der Biennale in Venedig, auf der Louise Bourgeois den amerikanischen Pavillon ausgestattet hatte. Damals wußte ich noch nicht viel über sie. Ihr Werk hat mich sehr berührt und beeindruckt. Ich habe etwas verstanden von ihrem Werk.

RB Und was?

DD Die Angst, die das Werk ausstrahlt, und die Präzision, die Brutalität. Damals habe ich beschlossen, meine Abschlußarbeit über Ihr Werk zu verfassen. Dann habe ich mich ein paar Jahre mit ihrer Arbeit beschäftigt, schließlich habe ich sie angerufen, und sie hat mich eingeladen.

RB Wer sind denn Ihre Vorbilder?

DD Mein Vorbild ist Gott. (lacht)

RB Was Sie auszeichnet in Ihrer Bescheidenheit.

DD Nein, mein Vorbild sind Menschen mit Zivilcourage, die sich authentisch verhalten. Das können Schriftsteller sein, Filmemacher, Musiker, ob mir die Musik gefällt oder nicht, so Typen wie Belafonte, die ihre Popularität nutzen und strategisch einsetzen. Ich glaube, Vorbilder sind für mich mutige Menschen, die ihren Weg gehen, weil sie daran glauben. Hanne Hiob, Andy Warhol, Barnett Newman ...

RB ... drei Juden ... unter uns gesagt, wir verraten es nicht weiter ..., das wäre vielleicht geschäftsschädigend.

DD Vielleicht auch nicht.

RB Jetzt im Moment könnte es so oder so sein. Haben Sie so etwas wie Antisemitismus gespürt?

DD Ja.

RB Wo, wie?

DD Von meinem Vater. Als ich in Frankreich gelebt habe. Von Neonazis während meiner Kabarettzeit. Innerhalb der eigenen Kollegen beim Kabarett, von meinem besten Freund dort, den wir heute leider zu Grabe tragen mußten. Er sagte immer, daß er ganz vergessen würde, daß ich Jüdin bin. Das verletzt mich persönlich, nicht allgemein. Daran erkenne ich meine Wurzeln, das hätte ich von mir nie gedacht.

RB Das sind jetzt alles sehr private Bezüge. Ihren besten Freund hätten Sie ja auch zum Teufel jagen können. Haben Sie den Eindruck, daß in der Gesellschaft ein Umschwung stattfindet?

DD Ja. Eines der ersten Gerüchte nach den Anschlägen auf das World Trade Center ging um die zionistische Weltverschwörung, sprich, alle Juden hätten das Gebäude schon vor den Anschlägen verlassen gehabt. Wo sind wir denn hingelaufen, nach Auschwitz oder wohin?

RB Glauben Sie an Gott? Wenn er schon Ihr Vorbild ist ...

DD Ich glaube an das Göttliche.

RB Was ist das?

DD Das Göttliche ist für mich das Überindividuelle, also nicht das Unteilbare, sondern das Mitteilbare. Jeder hat wahrscheinlich seine persönliche Vorstellung von Gott. Ich bin wohl ein sehr religiöser Mensch. Für mich folgt Gott keinem Dogma, keiner Ideologie. Die Kathedrale ist Gottes Gefängnis, dort wird er gebannt, dort

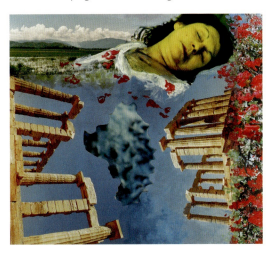

Metaphysik
2002, Schublade aus dem „Archiv"
Öl auf Photographie
38 × 42 cm

teilen die Menschen ihn rituell. Aber – das ist vielleicht auch wichtig: Gott ist im Herzen. Ich glaube an Gott als eine Energie, die das Zusammenleben von Menschen angenehmer gestaltet.

RB Können Sie weinen?

DD Ja.

RB Das muß schön aussehen.

DD (lacht) Ich habe heute schon viel geweint ...

RB Weil der Antisemit gestorben ist ...

DD Ja.

RB Nochmals zur Arbeit: Sie haben ja ein riesiges Arbeitspensum – bleibt da eigentlich noch Zeit zum Leben?

DD   Ich lebe beim Arbeiten.

RB   Na ja, der Mensch lebt nicht von Kunst allein, steht in der Bibel.

DD   Was meine Motivation, Kunst zu schaffen betrifft, ist das der Existenzialismus. Ich fühle mich nicht willkommen auf der Welt. Das ist für mich eine Art Urschmerz. Ich muß den ganzen Tag beweisen, daß ich einen Grund habe, hier zu sein. Hinter diesem Grund habe ich zurückzutreten. Die Kunst ist meine Existenzgrundlage.
Hinter Bildern kann man sich gut verstecken. Die Leute sollen die Bilder anschauen, aber nicht mich. Der Schmerz, nicht erwünscht zu sein, ist mein Motor.

RB   Das heißt, die Kunst ist auch ein Stück Selbsterlösung?

DD   Man soll den Leuten nicht die Ergebnisse seiner Therapie vorsetzen, diesen ganzen Mist. Das wäre unverschämt, deshalb ist mein Bezug zur Öffentlichkeit ein überpersönlicher. Kunst ist weder Therapie noch Exorzismus, und trotzdem ist der Schmerz mein Grund. Aber man muß den Schmerz, wenn man gute Kunst macht, sublimieren. Barnett Newman hat das wunderbar in seinem Buch „About the Sublime" beschrieben. Das ist eines der intelligentesten Bücher über Kunst. Ich versuche, den Schmerz zu sublimieren in Kunst.

RB   Etwas was ganz Profanes: Warum sollte ich Ihre Kunst kaufen?

DD   Damit ich weiterarbeiten und meine Miete bezahlen kann.

RB   Sie denken, das ist ein hinreichender Grund?

DD   Ja, mir reicht der völlig aus.

Das Gespräch fand am 14. März 2003 im Atelier von Dina Draeger statt.

Archiv
seit 2000, 60 Schubladen, MDF, Photographie, Öl/Gouache
180 × 260 × 130 cm
Courtesy Galerie Mühlfeld & Stohrer, Frankfurt am Main

Der Prophet
2000, Buntstift und Collage auf Offsetdruck
49,8 × 59,3 cm, Privatbesitz

Mutation

2000, Gouache auf Photographie

30 × 30 cm

Bellevue
2001, Öl auf Photographie
39,5 × 189 cm

Boxers
2001, Öl auf Photographie
100 × 150 cm

Contemplation
2001, Öl auf Photographie
90,5 × 60 cm

Cuba Libre
2001, Öl auf Photographie
65 × 100 cm

Landscape
2001, Photographie
100 × 150 cm

Lebensrad
2001, Öl auf Photographie
102 × 74 cm

Lolita
2001, Öl auf Photographie
75,5 × 48 cm

A Poem for Cage
2001, Öl auf Photographie
149 × 50 cm

Protection
2001, Öl auf Photographie
98,3 × 73 cm

Protect me from Happiness
2001, Öl auf Photographie
98 × 73 cm

Noi An Nghi
2001, Öl auf Photographie
90 × 60 cm

Ohne Titel
2001, Öl auf Photographie
90 × 60 cm

Homer
2001, Öl auf Photographie
150 × 100 cm, Privatbesitz

My Country
2001, Öl auf Photographie
78,5 × 57 cm

Childhood
2002, Öl auf Photographie
101 × 74,5 cm

Nanados II
2002, Öl/Inkjet auf Leinwand
180 × 120 cm, Privatbesitz

Never forget
2002, Öl auf Photographie
39,5 × 30 cm

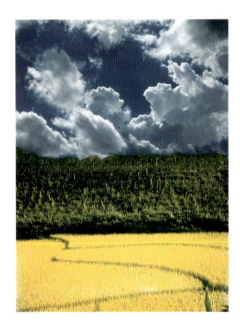

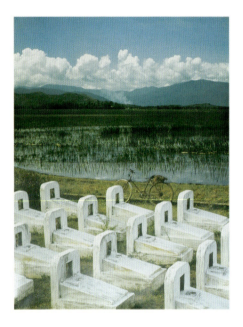

Fields
2002, Öl auf Photographie
101 × 74,5 cm

Forget
2002, Öl auf Photographie
101 × 74,5 cm

JCS
2002, Öl/Inkjet auf Leinwand
165 × 95 cm
Museen der Diözese Würzburg

Suicide
2001, Öl auf Photographie
65 × 29,5 cm

The War Accident
2001, Öl auf Photographie
150 × 50 cm

Meditations
2002, Öl/Inkjet auf Leinwand
120 × 130 cm

Habanagirls
2002/3, Öl/Inkjet auf Leinwand
105,6 × 370,3 cm

Relationship
2003, Öl auf Leinwand
119 × 19 cm
Privatbesitz

Pietà (Hommage à Bellini)
2002, Inkjet auf Photopapier
80 x 89 cm — Edition 5 Exemplare

Tigertiger
2002, Öl/Inkjet auf Leinwand
120 × 125 cm

Correspondances
2003, Öl/Inkjet auf Leinwand
86 × 125 cm

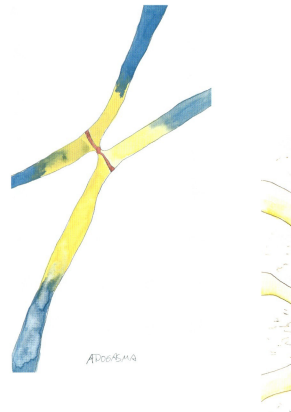

Aus den Aquarellbüchern
seit 1994, verschiedene Techniken auf Papier
(Aquarell, Kugelschreiber, Bleistift, Collage u.a.)
variierende Maße, ca. 22 × 15 cm

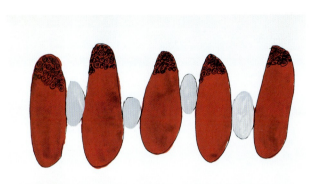

WENN ES GOTT GIBT, DANN IST ALLES ERLAUBT

DER LIBERTIN IST MORALIST

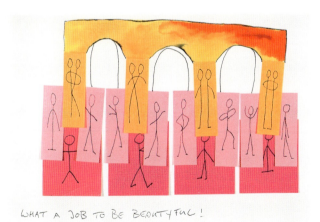

WHAT A JOB TO BE BEAUTYFUL!

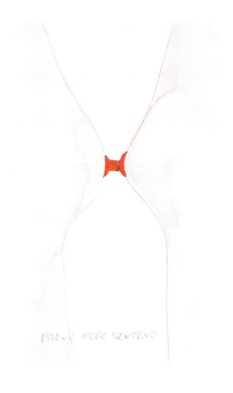

Aus den Aquarellbüchern
seit 1994, verschiedene Techniken auf Papier
(Aquarell, Kugelschreiber, Bleistift, Collage u.a.)
variierende Maße, ca. 22 × 15 cm

FREUD UND DIE "PRIMITIVEN":
GRUPPEN, KEINE STÄMME

BEI FREUD GIBT ES KEINE
HOMOSEXUALITÄT.

DIE RÖHREN
DIE WELT
KÖPFE HABEN
ERFUNDEN (OS.)

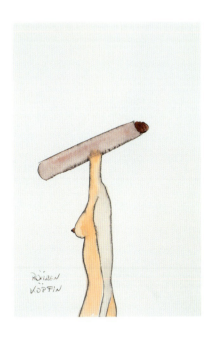

RÖHREN
KÖPFIN

Aus den Aquarellbüchern
seit 1994, verschiedene Techniken auf Papier
(Aquarell, Kugelschreiber, Bleistift, Collage u.a.)
variierende Maße, ca. 22 × 15 cm

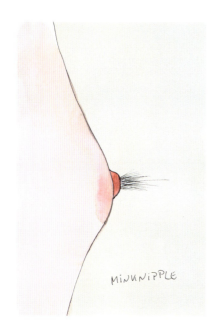

MINUNIPPLE

VIÄNGE KOMMISSION

DE SADE ALS CHRISTUS

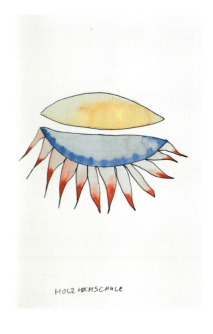

HOLZ HOCHSCHULE

Biographie

1966 geboren in Veerßen
1985 Ausbildung zur Erzieherin
1988 Abitur auf dem Abendgymnasium in Darmstadt
Umzug nach Paris
1989/90 Leitung einer staatlich geförderten Galerie für experimentelle Kunst, Paris
Freie Mitarbeit bei Radio France
seit 1990 Freie Mitarbeiterin bei verschiedenen Sendern und Zeitschriften; Kabarettistin
1992–2000 Studium der Kunstgeschichte, Philosophie und Medienkunst an der Staatlichen Hochschule für Gestaltung Karlsruhe

Zahlreiche Reisen und längere Auslandsaufenthalte: Frankreich, Norwegen, Italien, England, Schweiz, USA, Kuba, Vietnam.
Dina Draeger lebt und arbeitet in Frankfurt am Main und Weinheim an der Bergstraße.

Sammlungen

Kurpfälzisches Museum, Heidelberg
Museum am Dom, Würzburg
(Museen der Diözese Würzburg)
Private und öffentliche Sammlungen

Einzelausstellungen

1990 Galerie Kaleidoskop, Mannheim
1992 Gesellschaft für Kultur- und Wissenschaftsförderung, Mannheim
1993 Galerie Espace Bateau Lavoir, Paris
1994 Spiegelnacht, Stadtbibliothek, Berlin
1994 Tranches de vie, Galerie des BBK, Historisches Zentrum, Oldenstadt
1994 Persona, One-woman-show und Performance, Galerie Contemporary Art, Mannheim
1994 Camera mortuaria, Rauminstallation, Korbien's Galerie, Mannheim
1995 Neue Arbeiten, Boehringer, Mannheim
1997 Zentrum für europäische Wirtschaftsforschung, Mannheim
1998 Around Rosefields, Schwetzinger Schloß
1998 Hit the rose, Jack, AnBau 35 – Ort für zeitgenössische Kunst, Bonn
2000 Das Archiv der Obsessionen, Galerie Monika Beck, Homburg/Saar
2001 Im Archiv der Obsessionen, AnBau 35 – Ort für zeitgenössische Kunst, Bonn
2003 strange truth, Galerie Mühlfeld & Stohrer, Frankfurt am Main
2003 tigertiger, AnBau 35 – Ort für zeitgenössische Kunst, Bonn
2003 White Elephant Gallery, Paris

Gruppenausstellungen

1991 Galerie Espace Bateau Lavoir, Paris
1991 Frankfurter Buchmesse (mit Galerie Kaleidoskop, Mannheim)
1992 Dialog '92, Galerie des BBK, Historisches Zentrum, Oldenstadt
1995 Internationaler Medienkunst-Workshop (Videoskulptur), Kulturzentrum Dampfzentrale, Bern
1995 Ausstellung mit Studenten der Staatlichen Hochschule für Gestaltung Karlsruhe, Galerie Walter Storms, München
1995 Objects subjectivs, Galerie Espace Bateau Lavoir, Paris
1997 Thom Barth – Das große Ding, die Arbeit und der Schrank (Projektbeteiligung mit einer Installation), Württembergischer Kunstverein, Stuttgart
1998 10 Jahre Kunstankäufe, Kurpfälzisches Museum, Heidelberg
2001 Das Archiv der Obsessionen, Art Frankfurt (mit Galerie Monika Beck, Homburg/Saar)
2002 AnBau 35 – Ort für zeitgenössische Kunst, Bonn
2002 Galerie Mühlfeld & Stohrer, Frankfurt am Main
2002 10 Jahre Staatliche Hochschule für Gestaltung Karlsruhe
2003 Art Frankfurt (mit Galerie Oliver Ahlers, Göttingen, in Zusammenarbeit mit Galerie Mühlfeld & Stohrer, Frankfurt am Main)

Publikationen

1991–1995 Kunstkritische Texte und Artikel für die Zeitschriften „Der Kunsthandel" und „Images", Hüthig Verlag Heidelberg
seit 1992 Lesungen, Performances und Einführungsreden
1993 Das Schaf im Karton, in: Ausst. Kat. „Dialog '93", Oldenstadt,
1994 Die Schlange im Hut, in: Bildgeschichten – Ein Projekt des Faches Kunstwissenschaft an der Staatlichen Hochschule für Gestaltung Karlsruhe, hrsg. von Hans Belting
1994–1996 Kunsttheoretische Artikel für die Zeitschrift ESTETICA, Edizioni ESAV, Torino
1995 Wo ist Geschichte?, in: Ausst. Kat. „Die unmögliche Gegenwart", Museum für Volkskultur in Württemberg, Schloß Waldenbuch
1996 Der Kunstmarkt ist keine demokratische Angelegenheit – für Marie Jo Lafontaine, in: Süddeutsche Zeitung vom 23.5.1996
1996 „Le Musée et la conception du chef-d'œuvre", erschienen in der Reihe „Histoire de l'histoire de l'art", hrsg. vom Musée du Louvre, Paris (Mitarbeit)
1997 Roses come from where we will never go to – Covertitel der CD „detunized gravity" von DE-PHAZZ
1999 Texte zu „Godsdog" von DE-PHAZZ
2000 Katalog „Zehn Jahre Kunstankäufe der Stadt Heidelberg"
2001 Katalog „Mensch und Natur", Kunstpreis St. Andreasberg, Naturpark Harz
2003 Katalog „Zehn Jahre Staatliche Hochschule für Gestaltung Karlsruhe"

The Job
2002, Öl auf Photographie
50,5 × 150 cm

Die Autoren:

Prof. Dr. Siegfried Gohr

1949	geboren in Merkstein bei Aachen
ab 1967	Studium der Kunstgeschichte, Archäologie und Philosophie in Köln und Tübingen
1974	Promotion in Köln; wissenschaftlicher Assistent am Wallraff-Richartz-Museum in Köln
1975	Referent an der Kunsthalle Köln
1975–1985	Direktor der Kunsthalle Köln
1985–1991	Direktor des Museums Ludwig Köln; Lehraufträge an den Universitäten Köln, Bonn und Hannover
ab 1991	Freier Publizist und Ausstellungsmacher
seit 1993	Professor für Kunstwissenschaft und Mediengeschichte an der HfG Karlsruhe

Ausstellungen: Organisation von zahlreichen monographischen und thematischen Ausstellungen zur Kunst des 20. Jahrhunderts, z.B. Léger, Klee, Beckmann, Picasso, Duchamp, de Kooning, Jasper Johns, Roy Lichtenstein, Georges Rouault, Expressionistische Skulptur, Europa–Amerika, Bilderstreit, Baselitz, Lüpertz, Penck, Polke und viele andere. Organisation von Ausstellungen zur modernen deutschen Kunst in Europa, Amerika und Asien.

Veröffentlichungen: zahlreiche Texte zur Museumssituation, zur modernen und zeitgenössischen Kunst, zum Selbstverständnis des Künstlers in der Moderne.

Rudij Bergmann

Geboren am 13.12.1943 im Rheinland. Autor, Kunstkritiker, TV-Filmemacher. Seit 1979 beim Fernsehen des Süddeutschen Rundfunks in Stuttgart. Von Oktober 1996 bis Juli 1998 dort für das von ihm entwickelte Kunstmagazin BERGMANNsART zuständig: als Redakteur, Filmemacher und Moderator. TV-Filmemacher für arte und SWR im Kunst- und Kulturbereich und als Kunstkritiker tätig.

© 2003 S.P.Q.-Verlag, Dina Draeger, Photographen und Autoren

ISBN 3-929180-08-1

Photographie: Foto Witt, Weinheim an der Bergstraße
Gestaltung und Herstellung: Harold Vits, Mannheim

Mit freundlicher Unterstützung durch

 und